CATALOGUE

DES

FAIENCES, PORCELAINES

MEUBLES ANCIENS

OBJETS DE VITRINE

PANNEAUX PEINTS LOUIS XV

Objets variés

BRONZES — ÉTOFFES

DONT LA VENTE AURA LIEU

HOTEL DROUOT, SALLE N° 3

Le Vendredi 14 Mars 1890

à 2 heures

Mᵉ PAUL CHEVALLIER	M. CHARLES MANNHEIM
COMMISSAIRE-PRISEUR	EXPERT
10, rue de la Grange-Batelière, 10	7, rue Saint-Georges. 7

EXPOSITION PUBLIQUE

Le Jeudi 13 Mars 1890, de 1 heure à 5 heures 1/2

IMPRIMERIE DE PARIS

CATALOGUE

DES

FAIENCES, PORCELAINES

MEUBLES ANCIENS

OBJETS DE VITRINE

PANNEAUX PEINTS LOUIS XV

Objets variés

BRONZES — ÉTOFFES

DONT LA VENTE AURA LIEU

HOTEL DROUOT, SALLE Nº 3

Le Vendredi 14 Mars 1890

à 2 heures

Mᵉ PAUL CHEVALLIER	M. CHARLES MANNHEIM
COMMISSAIRE-PRISEUR	EXPERT
10, rue de la Grange-Batelière, 10	7, rue Saint-Georges, 7

EXPOSITION PUBLIQUE

Le Jeudi 13 Mars 1890, de 1 heure à 5 heures 1/2

CONDITIONS DE LA VENTE

Elle sera faite *expressément* au comptant.

Les Acquéreurs payeront CINQ POUR CENT en sus des adjudications, applicables aux frais de la vente.

L'Exposition mettant les acquéreurs à même de se rendre compte de l'état et de la nature des objets, il ne sera admis aucune réclamation une fois l'adjudication prononcée

Paris. — Imp. de l'Art, E. MÉNARD et Cie, 41, rue de la Victoire.

DÉSIGNATION DES OBJETS

PORCELAINES

1 — Pomme de canne en vieux Saxe, à jetés de fleurs et insectes en couleurs.

2 — Trois pièces : plateau rond en vieux Sèvres dur, à décor en dorure, assiette en Sèvres dur, à décor vert et or, et assiette en vieux Saxe, à fleurs.

3 — Cinq pièces : petite corbeille en vieux Saxe, petit vase en ancienne porcelaine de Frankenthal, plateau en forme de feuille et deux petits vases en porcelaine dure.

4 — Petit pot à pommade couvert en biscuit de Wedgwood : personnages mythologiques en blanc sur fond bleu.

5 — Moutardier à anse sur plateau adhérent en ancienne porcelaine de Boissette, à fleurs. Marqué B.

6 — Cinq tasses dont deux sans anse, à fleurs en couleurs, en vieux Saxe, et trois à fleurs en couleurs et en bleu en ancienne porcelaine tendre.

7 — Deux pièces : bouteille à pans et vase à anses et panse ovoïde, en porcelaine d'Allemagne, à fleurs, dans le goût japonais.

8 — Deux assiettes en porcelaine dure de Sèvres, du temps de Louis-Philippe : décor d'amours.

9 — Six pièces : trois tasses et leurs soucoupes en porcelaine anglaise : décor de paysage et imbrications en noir.

10 — Trois pièces : jardinière en porcelaine dure, à anse mascarons et amours en camaïeu rose, et tasse avec soucoupe à fleurs en porcelaine dure, genre Sèvres.

11 — Neuf figurines en porcelaine dure : singes musiciens formant un orchestre. Marqués AR.

12 — Deux petits vases sphériques côtelés, en porcelaine anglaise, à décor de fleurs en couleurs.

13 — Trois figurines en porcelaine dure : Joueur de trompe, vielleuse et bergère.

14 — Brûle-parfums à anse en biscuit de Wedgwood, à fond vert.

15 — Cassette oblongue en porcelaine, à fond jaune, montée en cuivre.

16 — Trois compotiers en porcelaine de Chine, à fleurs et fruits en couleurs.

17 — Trois pièces : soucoupe en émail de Canton, à personnages, et tasse sans anse et soucoupe en porcelaine du Japon, bleu et rouge.

18 — Deux cache-pots à huit pans, en porcelaine de Chine : fleurs en couleurs sur fond vert.

19 — Coupe en porcelaine du Japon : haies fleuries et arbustes émaillés bleu.

20 — Deux tasses cylindriques à anse, en porcelaine de Chine, à fleurs en couleurs sur fond bleu et sur fond jaune.

21 — Quatre pièces en porcelaine de Chine : tasse à anse et sa soucoupe, à oiseaux sur fond bleu; tasse sans anse, à

scènes familières en couleurs, et soucoupe présentant quatre personnages en couleurs.

22 — Deux tasses à anse et leurs soucoupes, en porcelaine du Japon ; haies fleuries en bleu, rouge et dorure.

23 — Tasse sans anse et sa soucoupe, en porcelaine du Japon : au fond, arbustes en couleurs ; pourtour émaillé brun.

24 — Deux tasses sans anse et leurs soucoupes, en porcelaine du Japon ; paysages en camaïeu bleu.

25 — Tasse à anse et sa soucoupe, en porcelaine de Chine ; fleurs en couleurs et bordure d'imbrications roses.

26 — Cinq assiettes et compotiers en porcelaine de Chine et du Japon, en bleu et en couleurs.

27 — Théière à anse et couvercle, en porcelaine du Japon ; fleurs en bleu, rouge et or.

28 — Théière à anse et couvercle, en porcelaine de Chine, à fleurs en couleurs.

29 — Six bols en porcelaine de Chine, à dragons émaillés vert sur fond jaune.

30 — Deux salières en porcelaine de Chine, à fleurs en couleurs.

31 — Deux pièces : flacon en grès de Chine et petit support en porcelaine craquelée de la Chine.

FAIENCES

32 — Deux porte-perruques en ancienne faïence de Delft, à paysages chinois en camaïeu bleu.

33 — Assiette à bords festonnés, en ancienne faïence espagnole, à motifs rocaille et inscriptions.

34 — Cruche à anse, en ancienne faïence de Delft, à fleurs en camaïeu bleu.

35 — Cache-pot à anses torsades, en ancienne faïence de Nevers, à paysages en camaïeu bleu.

36 — Compotier à bords festonnés, contenant cinq pommes émaillées au naturel, en ancienne faïence de Rouen.

37 — Théière à anse et couvercle, en ancienne faïence de Delft, à fleurs en camaïeu bleu.

38 — Groupe en terre de Lorraine : Paysan et paysanne.

39 — Deux plats oblongs en ancienne faïence du Midi, à décor bleu et d'ocre jaune.

40 — Cinq pièces : deux assiettes en ancienne faïence du Midi, deux compotiers à bords festonnés, en ancienne faïence de Quimper, et compotier en vieux Delft, en bleu.

41 — Deux pièces : fontaine-applique à pans, en ancienne faïence française, et bouteille en vieux Delft.

42 — Tableau en faïence : Ruines d'abbaye.

43 — Trois pièces : légumier couvert à anses, en ancienne faïence de Strasbourg, à fleurs, et pot à eau et son plateau, en ancienne faïence du Midi : Vues de châteaux.

44 — Quatre pièces : porte-huilier à fleurs, encrier, boîte à épices couverte, et jardinière en ancienne faïence.

45 — Deux pièces : pot de pharmacie en ancienne faïence italienne et porte-fleurs en faïence de style italien.

46 — Six pièces en vieille faïence : sucrier, porte-huilier, boîte à épices.

47 — Cinq pièces : légumier couvert et quatre assiettes en
ancienne faïence.

BOITES

48 — Boîte oblongue en ancienne porcelaine de Mennecy, à
décor de fleurs en couleurs sur fond gaufré à vannerie.
Monture en argent.

49 — Deux pièces : boîte rectangulaire en ancienne porcelaine tendre blanche, et petit plateau rond à amours en
porcelaine dure.

50 — Bonbonnière ronde couverte en porcelaine, à médaillons de scènes familières en couleurs.

51 — Boîte en porcelaine italienne, à sujets de chasse en couleurs sur fond gros bleu rehaussé de dorure.

52 — Boîte ovale à double couvercle en porcelaine d'Allemagne : Vues de ports de mer.

53 — Boîte de forme contournée en porcelaine d'Allemagne,
médaillon de sujets galants sur fond bleu turquoise ; monture en argent.

54 — Boîte de forme contournée en ancien émail d'Allemagne, à personnages dans des paysages en couleurs et
dorure.

55 — Boîte ovale en émail de Saxe : Enfants en couleurs.

56 — Boîte rectangulaire en émail de Saxe : Amours avec
portrait dans l'intérieur.

57 — Boîte rectangulaire en prime d'améthyste. XVIIIe siècle.

58 — Boîte rectangulaire à deux compartiments, en agate ;
monture à cage en argent.

59 — Deux boîtes, l'une en cuivre en forme de livre, l'autre rectangulaire en acier.

60 — Boîte à pans en nacre sculptée : Vues de monuments.

61 — Boîte rectangulaire en argent gravé, losanges contenant des palmettes et coquilles.

62 — Boîte ovale en argent ; sur le couvercle, amours gravés. XVIIIe siècle.

63 — Boîte ovale, couvercle et fond en écaille piquée d'or à branches fleuries et pourtour d'argent gravé et doré. XVIIIe siècle.

PENDULES

64 — Horloge de table carrée en bronze gravé, à armoiries et rinceaux, surmontée de trois étages ajourés. Travail allemand, XVIe siècle.

65 — Pendule en bronze et marbre blanc ; le mouvement est accosté de deux consoles et surmonté d'un vase ; sur la base, frise d'amours. Époque Louis XVI.

66 — Garniture de cheminée : pendule à colonnes, guirlandes et cornes d'abondance, et deux girandoles à quatre lumières supportées par un amour, en bronze noir et bronze doré. Époque du premier Empire.

67 — Pendule en bronze doré : Génie ailé. Époque de la Restauration.

68 — Horloge à poids, en noyer sculpté, avec fronton de bronze.

OBJETS VARIÉS

69 — Trois grands panneaux rectangulaires ornés de peintures sur toile : scènes champêtres dans des encadrements rocaille. Époque Louis XV. — Haut., 2 m. 35 cent.; larg., 1 m. 60 cent.

70 — Deux autres plus petits de la même suite. Même époque.

71 — Deux autres plus petits que les précédents et de la même suite. Même époque.

72 — Trumeau de la même suite : Énée et Anchise ; encadrement de bois sculpté à motifs rocaille. Même époque.

73 — Deux feuilles d'éventail peintes : sujet de chasse, personnages dans un jardin. Époque Louis XIV.

74 — Éventail à branches d'ivoire ajouré et à feuille d'étoffe ornée de peintures. Époque Louis XVI.

75 — Éventail à branches d'ivoire ajouré, sculpté et peint, et à feuille de vélin peinte : Moïse sauvé des eaux. Époque Louis XV.

76 — Deux salières oblongues en argent. Travail anglais.

77 — Deux pièces : petit violon et son archet en argent.

78 — Cinq pièces : poire en argent, deux médaillons et deux fragments en argent doré.

79 — Deux pièces : petite cafetière en argent, et petite boîte en agate montée en argent.

80 — Deux petites corbeilles ovales en argent ajouré, avec fond formant miroir.

81 — Coffret gothique à couvercle bombé, en cuir noir gaufré et fretté en fer.

82 — Hanap en noix de coco, à piédouche, monture et couvercle en cuivre. Travail allemand, xviie siècle.

83 — Étui quadrangulaire Louis XVI en nacre et cuivre.

84 — Plateau ovale à bords relevés de la suite de Palissy : allégorie de la Moisson.

85 — Carapace de tortue.

86 — Buste en terre cuite : Jeune Femme couronnée de marguerites.

87 — Quatre netzkés en ivoire.

88 — Coffret en ivoire orné de peintures. Italie, xvie siècle.

89 — Cadre carré en terre cuite dorée. xviiie siècle.

90 — Petit plateau ovale en émail de la Chine.

91 — Étui persan orné de personnages peints.

92 — Deux petits bénitiers en cuivre argenté.

93 — Quatre autres bénitiers en étain.

94 — Trois pièces : deux petits seaux à anse, en étain, et petit seau en cuivre argenté.

95 — Quatre petites marmites de dimensions différentes, en cuivre rouge repoussé.

96 — Deux jardinières oblongues en cuivre gravé et argenté, orné de papillons.

97 — Grand coffret en bois orné de peintures sur verre et de bronze.

98 — Étui de pipe en buis sculpté à personnages, armoiries, animaux et fruits. xviie siècle. Travail flamand.

99 — Plaque rectangulaire en émail peint de Limoges : le Christ couronné d'épines. xvie siècle.

100 — Deux médaillons ovales en émail peint de Limoges : bustes d'homme et de femme. XVIIe siècle.

101 — Deux pièces : couteau à manche d'agate et fourchette en argent à manche d'agate.

102 — Manche de couteau en ivoire sculpté.

103 — Quatre pièces : petit flacon et fruit en jade gris, petit flacon en pierre de lard et cachet en cristal de roche.

104 — Fourneau de pipe en bois sculpté. Travail allemand.

105 — Narghilé en métal damasquiné d'argent.

106 — Montre solaire en cuivre gravé. XVIIIe siècle.

107 — Aiguière côtelée en étain.

108 — Huit pièces en étain : plats, écuelles et pichet.

109 — Six pièces : thermomètre en bronze oxydé, deux petits vases en émail cloisonné, bougeoir, et deux figurines en porcelaine.

110 — Cassette rectangulaire en cuivre oxydé : scènes militaires et villageoises en relief.

111 — Deux pièces : hallebarde à hampe garnie de velours d'Utrecht et pique à hampe revêtue d'argent gravé à la partie supérieure. XVIIIe siècle,

112 — Lot de gardes de sabre japonais, en fer.

113 — Deux miniatures ovales : portraits d'enfants.

114 — Deux pièces : miniature et dessin : portraits d'hommes en costume de la Restauration.

115 — Boîte ronde en écaille : sur le couvercle, miniature : Portrait d'un cardinal.

116 — Deux pièces : petit dessin ovale à la plume, dans un cadre en or, et initiales entrecroisées dans un cadre en cuivre.

117 — Trois pièces : miniature et fixé : paysage et buste de femme.

118 — Vitrail rectangulaire peint en grisaille : la Fortune. XVIe siècle.

119 — Deux vitraux circulaires peints en grisaille : cavaliers ; scène familière.

120 — Deux vitraux circulaires peints en grisaille : l'Hiver, l'Automne.

121 — Douze verres à vin du Rhin.

BRONZES

122 — Deux girandoles en bronze, à sept lumières, supportées par une colonnette reposant sur un socle de marbre griotte. Époque du premier Empire.

123 — Deux flambeaux Louis XVI à tige cylindrique et base de marbre blanc, ornés de bronzes, avec douilles en bronze de même style.

124 — Deux flambeaux-balustres à broche en bronze japonais.

125 — Croix en écaille, avec Christ en bronze doré. XVIIe siècle.

126 — Deux flambeaux à tiges à pans, en cuivre jaune gravé. XVIIe siècle.

127 — Croix en cuivre jaune gravé au revers : sur la face antérieure, Christ en bronze en haut-relief et quatre cabochons de cristal. XIVe siècle.

128 — Encensoir gothique en bronze repercé, en forme d'édicule.

129 — Deux pièces : lion accroupi, en bronze, et petit bougeoir Louis XVI, en forme de colonnette, en bronze.

130 — Groupe en bronze : Deux femmes debout, dont l'une porte un enfant. Signé : Gaudez.

131 — Quatorze pièces en bronze : patères, entrées de serrure et poignées.

132 — Trois pièces : flambeau et deux appliques en bronze.

133 — Deux vases à corps sphérique et long col, en bronze japonais, ornés de dragons en relief.

134 — Fronton en cuivre repoussé et ajouré, à motifs rocaille et couronne.

135 — Porte-montre en bronze, à motifs rocaille et amours, sur trois pieds feuillages.

136 — Boîtier de montre en cuivre ajouré du XVIe siècle. Travail allemand.

137 — Boîte de toilette ronde couverte, en bronze.

138 — Plaquette ovale en bronze : le Festin des dieux.

139 — Plaquette en bronze ; Allégorie de l'Hiver.

140 — Plaquette en bronze : Enfants et lion.

MEUBLES

141 — Bibliothèque à deux corps, en ébène marqueté de cuivre, à rinceaux et têtes humaines; le corps supérieur est à deux portes vitrées, le corps inférieur à deux portes pleines surmontées de deux tiroirs. Époque Louis XIV. — Haut., 1 m. 90 cent.; larg., 90 cent.

142— Cabinet à une porte, sur quatre pieds reliés par un

entrejambes, en bois noir, avec panneaux en ancien laque
du Japon.

143 — Bahut rectangulaire en bois sculpté, à panneaux ornés
de fenestrages gothiques. xve siècle.

144 — Commode Louis XV à trois rangs de tiroirs, en marqueterie de bois de violette, à poignées de cuivre et dessus de marbre.

145 — Fauteuil Louis XV en noyer sculpté, couvert en tapisserie au point à fleurs.

146 — Petite commode Louis XVI à trois tiroirs, en noyer,
à poignées de cuivre, dessus de marbre.

147 — Commode à trois rangs de tiroirs, en noyer sculpté,
poignées et entrées de serrure en bronze. xviiie siècle.

148 — Commode à trois tiroirs, en chêne, avec poignées et
entrées de serrure en bronze. xviiie siècle.

149 — Bibliothèque Louis XV en acajou, à deux portes
vitrées, avec bronzes et dessus de marbre blanc.

150 — Chiffonnier Louis XV en bois de violette, à dix tiroirs
avec bronzes.

151 — Petit bureau Louis XVI en acajou, le corps du haut
formant vitrine ; galerie de cuivre et dessus de marbre
blanc.

152 — Secrétaire Louis XVI en acajou, formant chiffonnier
dans le bas ; galerie de cuivre et dessus de marbre blanc.

153 — Petite table-chiffonnier Louis XVI en acajou ; galerie
de cuivre et dessus de marbre.

154 — Petite table de nuit ovale de style Louis XVI, en bois
de rose et marqueterie de bois de couleurs, avec bronzes
et dessus de marbre brocatelle d'Espagne.

155 — Deux escabeaux à dossiers contournés, pieds tors, en chêne sculpté.

156 — Tabouret marocain en bois marqueté de nacre, à dessins géométriques et inscriptions.

157 — Armoire à deux portes superposées séparées par un tiroir, en noyer sculpté, à feuillages, moulures et losanges en relief.

158 — Petite table rectangulaire à un tiroir, en bois noir, avec motifs et filets blancs incrustés, sur quatre pieds reliés par un entrejambes.

159 — Table de style Henri II, en noyer sculpté.

160 — Jardinière en porcelaine sur trépied en bois noir et cuivres.

161 — Grand bas-relief en bois sculpté et peint : la Vierge tenant l'Enfant entourée de chérubins ; à leurs pieds, un moine et une abbesse. xviie siècle.

162 — Groupe-applique en bois sculpté : la Vierge et l'Enfant. Fin du xve siècle.

CUIRS & ÉTOFFES

163 — Devant d'autel en cuir gaufré : enfants et rinceaux. xviie siècle.

164 — Chape en satin broché à fond crème.

165 — Portière en velours rouge bordé de damas de même couleur.

166 — Environ 4 mètres de dentelle d'argent.

167 — Environ 4 mètres de galon de velours sur fond d'argent.

168 — Petit tapis de soie rouge brodée de métal, avec bordure de velours vert.

169 — Lot d'ancien damas rouge à ramages.

170 — Quatre aumônières en velours brodé de métal.

171 — Trois pièces : trois chapes et une chasuble en soie Louis XVI.

172 — Lot composé d'étoles, voiles de calice et fragments d'ancienne soierie du XVIIIe siècle.

173 — Lot de franges et galons.

174 — Six mètres de bordure de tapisserie : fleurs, fruits et personnages à fond jaune.

175 — Environ 1 mètre de bordure de tapisserie à fruits et fleurs sur fond rouge.

176 — Fragment de tapisserie verdure : carquois dans la bordure.

RED. :

15

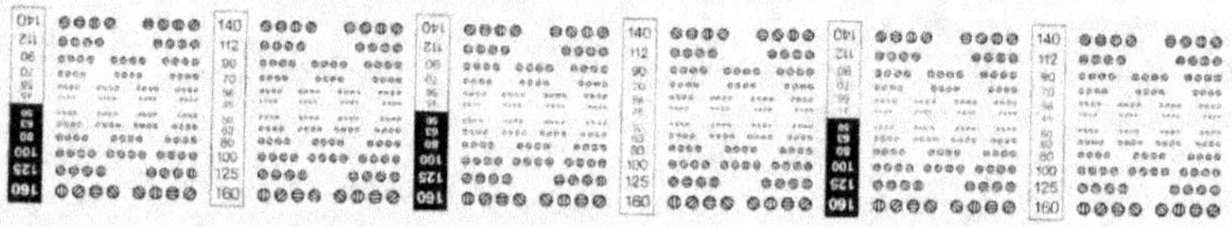

BIBLIOTHEQUE NATIONALE DE FRANCE

****

CHATEAU DE SABLE

1996

www.ingramcontent.com/pod-product-compliance
Lightning Source LLC
LaVergne TN
LVHW010517060726
842527LV00005B/2049

9 782329 258416